버 드 와 처

변영근

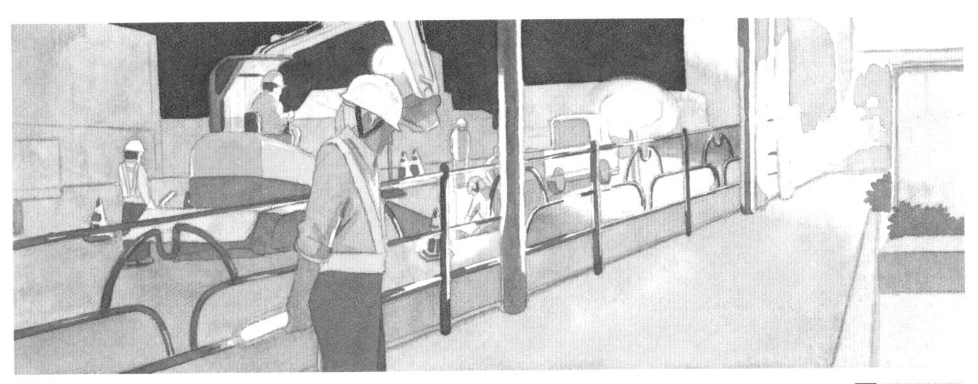

カラオケ
カメラ
ケ

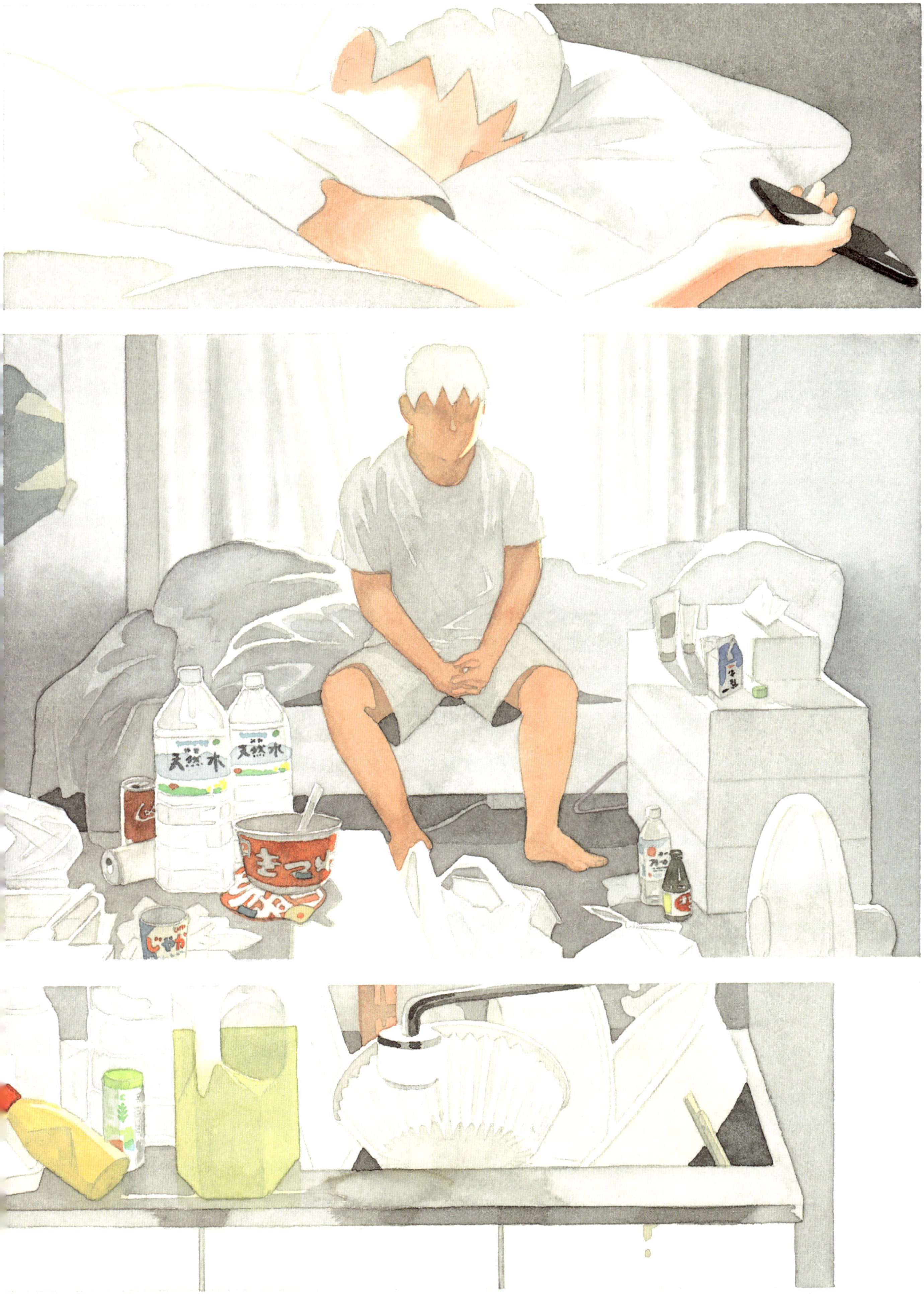

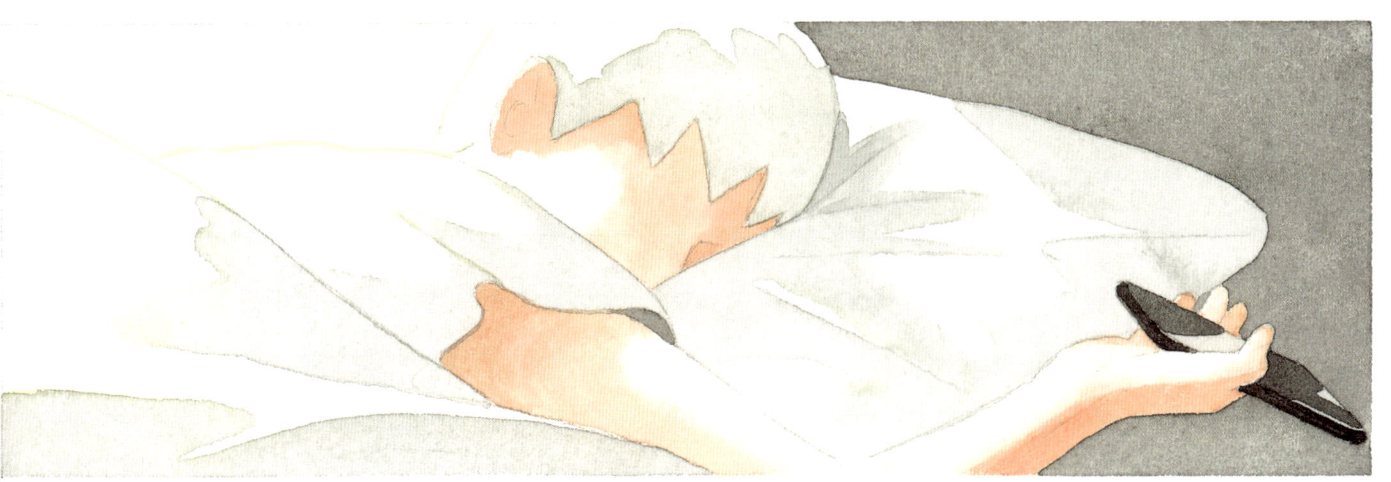

工事中
から

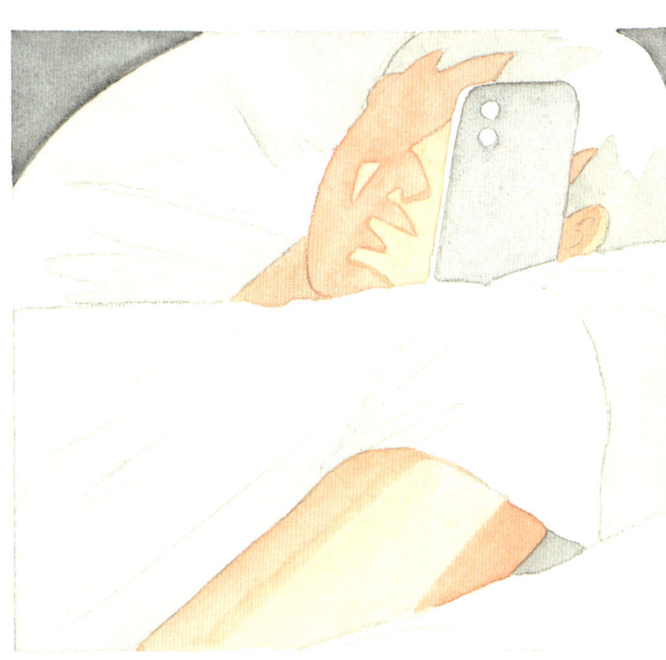

たばこ 酒
Coca-Cola
FANTA
Re

和田堀公園のカワセミの生態
東京都

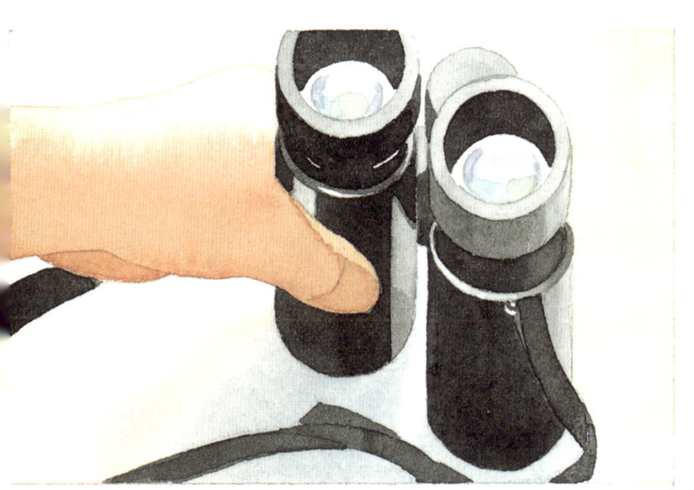

ラーメン 豚山

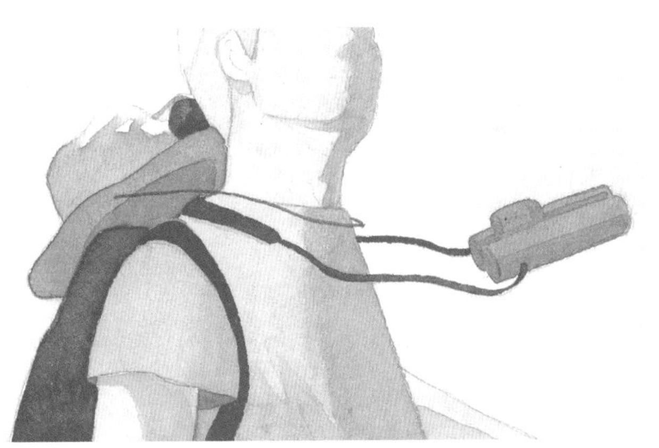

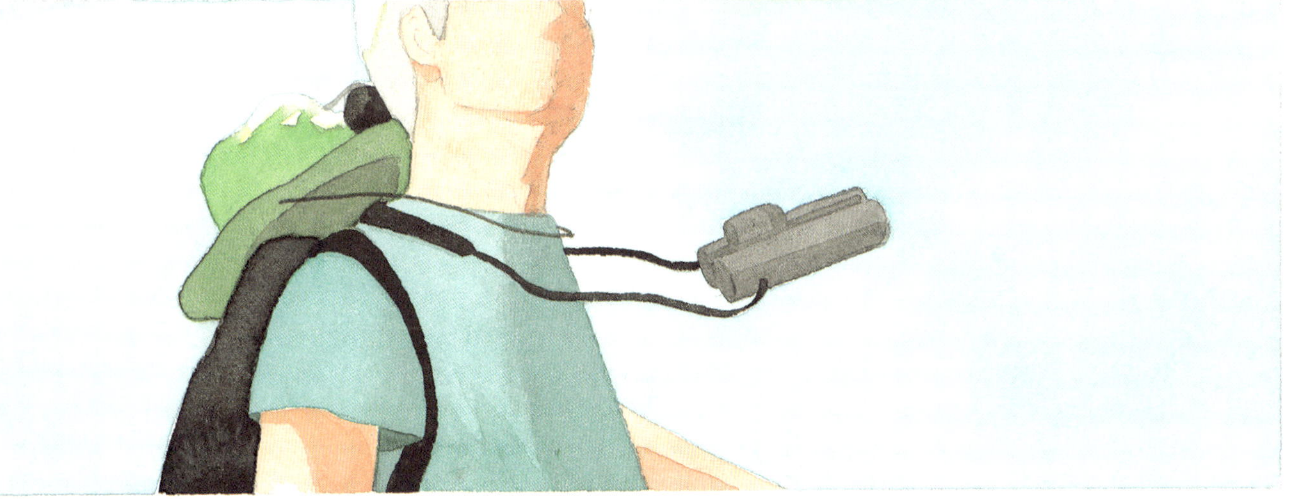

나오는 새

*새의 이름은 국가생물종목록 표기를 따랐습니다.

작가 노트

2020년 초, 일본 도쿄에서 팬데믹을 겪었다.

도시가 봉쇄되고 고립된 일상 속에서 공원을 자주 갔다.

공원에 갈 때면 가끔씩 눈길을 끄는 무리를 만났다.

몇몇은 거대한 카메라로 먹잇감을 노리듯 조준하고,

또 다른 부류는 아주 작은 망원경으로 어딘가를 응시하고 있었다.

그들은 마치 장비를 뽐내는 캠핑족처럼 보이기도 하고,

내셔널지오그래픽에 나오는 전문가 같기도 하고,

같이 도시락을 먹으며 야구 경기를 관람하는 것 같았다.

홈런을 치면 공을 잡으려 달려가는 한적한 야구장의 관람객들처럼,

나무 위로 날아오르는 새를 보러

최초 발견자를 따라 모이는 사람들.

바람 한 점 없는 무더운 여름날, 매섭게 바람이 부는 겨울날에도

오랜 시간 기약 없는 기다림을 즐기는 모습이 부러웠다.

일본에서 한 노인이 사진첩을 꺼내어

직접 찍은 새 사진을 보여 준 적이 있다.

희귀한 새와 희귀한 사람들을 잔뜩 보았던 기억.

그날의 기억이 이 이야기의 시작이 되었다.

2021년 탐조하는 사람들을 만났고

2022년 겨울, 일본에서 탐조를 시작했다.

2024년부터 한국에서 매주 2~3번씩 탐조를 하고 있다.

가까운 뒷산과 냇가에 가고, 가끔 기대를 갖고 먼 곳에 갈 때도 있지만

목표종을 찾지 못하고 돌아오는 날이 많다.

어떤 날엔 처음 듣는 새소리를 듣고 예상 못한 새를 발견하여

들뜬 마음으로 집에 돌아와 도감과 영상들을 찾아본다.

그림을 그릴 때마다 탐조를 하면서 처음 만났던,

새를 보던 사람들을 떠올린다.

예쁘게 날아오르는 순수한 마음을.